EL CONEJITO ANDARÍN

EL
CONEJITO ANDARÍN

por Margaret Wise Brown
Ilustrado por Clement Hurd
Traducido por Aída E. Marcuse

Harper Arco Iris
An Imprint of HarperCollins*Publishers*

La colección Harper Arco Iris ofrece una selección de los títulos más populares de nuestro catálogo. Cada título ha sido cuidadosamente traducido al español para retener no sólo el significado y estilo del texto original sino la belleza del lenguaje. Los primeros libros que aparecerán en esta nueva colección son:

¡Aquí viene el que se poncha!/Kessler
Un árbol es hermoso/Udry • Simont
Ciudades de hormigas/Dorros
Harold y el lápiz color morado/Johnson
Josefina y la colcha de retazos/Coerr • Degen
Mis cinco sentidos/Aliki
Pan y mermelada para Francisca/Hoban • Hoban
El señor Conejo y el hermoso regalo/Zolotow • Sendak
Se venden gorras/Slobodkina

Esté al tanto de los nuevos libros Harper Arco Iris que publicaremos en el futuro.

The Runaway Bunny   Copyright 1942 by Harper & Row, Publishers, Inc. Text copyright renewed 1970 by Roberta Brown Rauch. Illustrations copyright © 1972 by Edith T. Hurd, Clement Hurd, John Thacher Hurd, and George Hellyer, as Trustees of the Edith and Clement Hurd 1982 Trust. Translation by Aída E. Marcuse. Translation copyright © 1995 by HarperCollins Publishers. Printed in the U.S.A. All rights reserved.

Library of Congress Cataloging-in-Publication Data
Brown, Margaret Wise, 1910–1952.
  [Runaway bunny. Spanish]
  El conejito andarín / por Margaret Wise Brown ; ilustrado por Clement Hurd ; traducido por Aída E. Marcuse.
     p.   cm.   "Harper Arco Iris"
  ISBN 0-06-025434-3. — ISBN 0-06-443390-0 (pbk.)
  I. Hurd, Clement, 1908–1988.   II. Title.
PZ73.B6855   1995   94-13860
[E]—dc20   CIP   AC

Revised edition with new illustrations published in 1972.

EL CONEJITO ANDARÍN

Había una vez un conejito que se quería ir de la casa.

Un día le dijo a su mamá:

—Me voy de casa ahora mismo.

—Si te vas de casa —le dijo la mamá—, correré tras de ti,
pues tú eres mi conejito querido.

—Si corres tras de mí —dijo el conejito—,
me convertiré en trucha y nadaré en el arroyo,
lejos, muy lejos de ti.

—Si te conviertes en trucha y nadas en el arroyo
—dijo la mamá—, me haré pescadora y te pescaré.

—Si te haces pescadora —dijo el conejito—,
me convertiré en roca de una montaña, allá en lo alto,
lejos, muy lejos de ti.

—Si te conviertes en roca de una montaña, allá en lo alto,
lejos, muy lejos de mí —dijo la mamá—,
me haré alpinista y treparé hasta llegar junto a ti.

—Si te haces alpinista —dijo el conejito—,
me convertiré en azafrán de un jardín secreto.

—Si te conviertes en azafrán de un jardín secreto
—dijo la mamá—, me haré jardinera y te encontraré.

—Si te haces jardinera y me encuentras —dijo el conejito—, me convertiré en un pájaro y volaré lejos, muy lejos de ti.

—Si te conviertes en pájaro y vuelas lejos de mí —dijo la mamá—,
yo seré el árbol donde está tu nido.

—Si te conviertes en árbol —dijo el conejito—,
me convertiré en un barco de vela
y navegaré lejos, muy lejos de ti.

—Si te conviertes en un barco de vela
y navegas lejos de mí —dijo la mamá—,
yo seré el viento que sopla tus velas
y te haré regresar junto a mí.

—Si te conviertes en el viento que sopla mis velas
—dijo el conejito—, me uniré a un circo y volaré por los aires,
en un trapecio muy alto, lejos, muy lejos de ti.

—Si vuelas por el aire en un trapecio muy alto
—dijo la mamá—, me convertiré en una acróbata
y caminaré por la cuerda floja hasta llegar junto a ti.

—Si caminas por la cuerda floja —dijo el conejito—,
me convertiré en un niño y entraré corriendo en una casa.

—Si te conviertes en un niño y entras corriendo en una casa
—dijo la mamá—, allí estaré esperándote,
te tomaré en mis brazos y te besaré.

—¡Vaya! —dijo el conejito—, mejor me quedo
donde estoy y sigo siendo tu conejito.

Y así lo hizo.

—¿Quieres una zanahoria? —le preguntó su mamá.